D1433356

Un mercredi magique

ÉPIGONES

Comme chaque mercredi,
Théo reste chez lui.
Allongé sur le tapis, télécommande
en main, il regarde la télévision.
Théo connaît toutes les émissions
du mercredi. Il « zappe » de chaîne
en chaîne afin de ne rien manquer.

Ce mercredi-là est particulièrement
triste. Il pleut et le vent siffle
à travers les volets.
Théo n'est pas bien rassuré.
Heureusement, la télévision
lui fait vite oublier sa peur.

Peu à peu, au fil des émissions,
il sent monter en lui une vraie faim
d'ogre.
« Il doit être bientôt quatre heures »,
pense Théo.

Il décide d'aller se préparer
une énorme « télétartine » dont lui seul
a le secret. Mais avant de déguster
son goûter favori, il doit attendre que
le feuilleton soit terminé. Il n'est pas
question d'en rater une minute !
La publicité arrive à temps.

Théo en profite pour se lever
et se dirige rapidement vers la cuisine.
Il se coupe une tranche de pain aussi
épaisse que l'annuaire du téléphone
et la tartine d'une bonne couche
de beurre.

Il ajoute ensuite de la
confiture de fraises,
un soupçon de crème Chantilly,
deux barres de chocolat noir
et quelques rondelles de banane.
« Il ne manque plus qu'un verre
de lait à la menthe », se dit-il
en regardant fièrement sa télétartine.

Soudain, une porte claque.
C'est certainement celle du salon
car Théo n'entend plus la télévision.
Il s'empare de son goûter,
sort de la cuisine et reste en arrêt
devant la porte du salon.

Non seulement celle-ci est fermée
mais ce n'est plus la même !
Elle est toute capitonnée et comporte
une inscription bizarre : « studio 127 ».
De plus, juste au-dessus,
clignote une lumière rouge.
Théo, un peu inquiet, entrouvre
doucement la porte.

Un homme portant des lunettes
est assis dans un fauteuil en toile.
Il aperçoit Théo et s'écrie :
« Qu'est-ce que vous faites ?
Nous n'attendons plus que vous
pour commencer. Votre costume
est dans la loge. Dépêchez-vous ! »

Théo n'en revient pas : son salon
s'est transformé en studio
de télévision.
Il y a des caméras partout
et de nombreux techniciens.
L'un d'entre eux attrape le goûter
de Théo et le pose dans un coin.

« Mais, je… je… », bredouille Théo.
L'homme aux lunettes l'interrompt :
« Nous n'avons pas que ça à faire,
mon petit bonhomme, allez-vous
vous changer, oui ou non ? » dit-il
en lui désignant une porte.

Théo, intimidé, se dirige alors
vers la loge.
Une costumière lui tend un habit
semblable à ceux que portent
les trapézistes dans les cirques.
Il brille de mille paillettes.

Théo n'a pas fini de l'enfiler qu'une
maquilleuse commence à lui étaler
du fond de teint sur le visage.
Elle recouvre ensuite le tout d'une fine
couche de poudre.
« Comme cela, votre nez ne brillera
pas devant la caméra. »
Puis elle prend un crayon noir et trace
un trait sous les yeux de Théo.
« C'est parfait. Vous pouvez y aller »,
annonce-t-elle tout en lui donnant
un dernier coup de peigne.

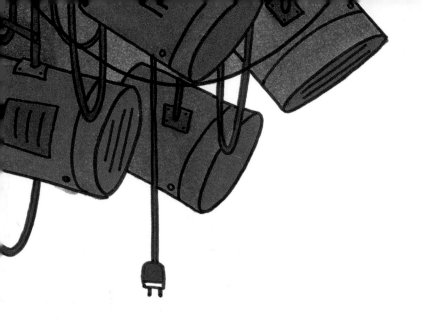

Mais voilà qu'on frappe à la porte.
« On tourne dans trois minutes.
Le magicien vous attend,
crie un technicien.
— Quel magicien ? » répond Théo
qui, de plus en plus effrayé,
n'ose plus bouger.
L'homme aux lunettes arrive alors
furieux et d'une main ferme l'emmène
sur le lieu du tournage.
Un prestidigitateur, tout de noir vêtu,
attend. Il est debout auprès d'une
grande malle percée de trous
sur le côté.

Devant le visage glacial du magicien,
Théo reste muet.
« Le magicien, une ! première !
Silence, on tourne ! » s'exclame
un homme, une ardoise à la main.
Des projecteurs s'allument et éclairent
le prestidigitateur. Celui-ci salue la
caméra de son chapeau haut de forme.

Puis il sort lentement une corde
de sa manche, se tourne vers Théo
et le ficelle des pieds à la tête.
Enfin il l'installe dans la malle
qu'il ferme à clef.

Trois épées sont posées aux côtés
du magicien. Il les prend une par une, et
transperce la malle où se trouve Théo.
Il lève les bras et prononce
une terrifiante formule magique :
Maléfica, hors de là
Mistigri et saperlipopette
Gare à ma baguette !

Lorsque le magicien ouvre la malle
devant la caméra, Théo a disparu !
« Coupez, c'est parfait », annonce
l'homme aux lunettes. Et il ajoute :

« Vous pouvez faire sortir le figurant. »
Le magicien ouvre alors le double
fond de la malle mais, à sa grande
surprise, Théo a bel et bien disparu.

Au même instant, Théo sent un baiser
sur son front. Il ouvre un œil, puis
deux et aperçoit le visage de sa mère.
« Tu ne te serais pas endormi, mon
petit bonhomme ? lui demande-t-elle.
— Ben… je ne sais pas… » murmure
Théo encore tout troublé.
Il se redresse et réalise alors qu'il porte
un très beau costume à paillettes…

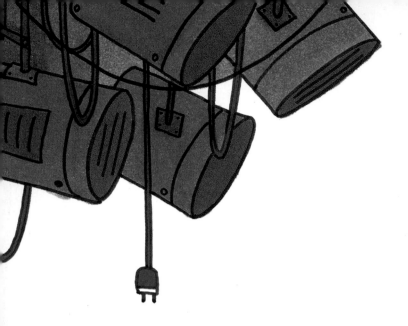

© Éditions ÉPIGONES, Paris, ISBN 2-7366-4535-9
Dépôt légal : septembre 1993, Bibliothèque nationale.
Imprimé en France par PARTENAIRES.